AF460782

30 Mars 1885.

Importante Réunion

DE

BONS TABLEAUX

ANCIENS

DES DIFFÉRENTES ÉCOLES

DÉPENDANT EN PARTIE DE

la Collection de feu M. le marquis de St-Cl...

Me P. CHEVALLIER
COMMISSAIRE-PRISEUR
10, rue Grange-Batelière, 10.

M. B. LASQUIN
EXPERT
12, rue Laffitte, 12.

HOMO ADDITVS NATVRÆ
IMPRIMERIE DE L'ART

CATALOGUE

D'UNE IMPORTANTE RÉUNION

DE

BONS TABLEAUX

ANCIENS

DES DIFFÉRENTES ÉCOLES

DÉPENDANT EN PARTIE

De la Collection de feu M. le marquis de St-Cl...

ŒUVRES DE

De Baen, Berchem, P. Boel, Brakenburg
Breughel, Fra Damiani, Eekhout, Van Goyen, Guardi
S. Ruysdael, P. Gysen, G. de Heusch, Hondekoeter
Horemans, Janssens, G. de Lairesse, Lazzari, Lancret
Lingelbach, Mignon, Van der Neer
M. Oggione, Palamedes, Pinturicchio, H. Robert
Schalken, Slingeland, Verschuring, T. della Vite
Zeghers et Schut, etc.

DONT LA VENTE AURA LIEU

HOTEL DROUOT, SALLE N° 8

Le Lundi 30 Mars 1885

A DEUX HEURES

Me PAUL CHEVALLIER	**M. B. LASQUIN**
COMMISSAIRE-PRISEUR	EXPERT
10, rue Grange-Batelière, 10	12, rue Laffitte, 12

Chez lesquels se trouve le présent Catalogue.

EXPOSITION PUBLIQUE : Le Dimanche 29 Mars 1885

DE UNE HEURE A CINQ HEURES

CONDITIONS DE LA VENTE

La vente aura lieu expressément au comptant.

Les acquéreurs payeront en sus des enchères *cinq pour cent* applicables aux frais.

Paris. — Imp. de l'Art, E. Ménard et J. Augry
41, rue de la Victoire.

DÉSIGNATION

BAEN

(JEAN DE)

1 — *Portrait du grand pensionnaire Jean de Witt.*

Représenté à mi-corps, la tête découverte, avec longue chevelure retombant sur une collerette blanche unie, la lèvre garnie d'une fine moustache. Il est revêtu d'un manteau de soie noire. La main gauche ramenée sur la poitrine, le bras droit appuyé sur un entablement de pierre. Derrière lui, un rideau relevé laisse apercevoir l'intérieur d'un temple.

Toile. Haut., 1 m. 5 cent.; larg., 79 cent.

BAEN

(JEAN DE)

2 — *Portrait de Corneille de Witt, frère du précédent.*

Debout à mi-corps, de face, la tête découverte avec longue chevelure et petites moustaches, il est revêtu d'un riche costume gris orné de broderies d'or et d'argent, d'une collerette de guipure et d'une écharpe noire à effilés d'or. La main gauche sur la hanche, il tient un bâton de commandement de la main droite appuyée sur une table. Ce portrait se détache sur une draperie rouge, relevée sur la droite et laissant apercevoir un vaisseau sur la mer.

Toile. Haut., 1 m. 5 cent.; larg., 79 cent.

BERCHEM

(NICOLAS)

3 — *Rencontre de cavalerie.*

Un Maure au visage noir, coiffé d'un large turban, revêtu d'une cuirasse et monté sur un cheval blanc lancé au galop, menace de sa lance un cavalier hongrois monté sur un cheval isabelle. A droite et à gauche de ce groupe, plusieurs combattants acharnés. Au premier plan, un soldat est étendu à terre à côté de son cheval.

Tableau important et bien conservé.

Ce tableau est décrit dans le *Catalogue raisonné* de Smith, tome V, n° 305.

Toile. Haut., 91 cent.; larg., 1 m. 26 cent.

BOEL

(PIERRE)

4 — *Oiseaux.*

Sur la branche d'un chêne sont perchés : un paon, un araraca rouge, deux hérons, un coq et une poule. Plus haut, sur une autre branche, un geai regarde un cahier de musique; près de lui des rouges-gorges et d'autres oiseaux.

Tableau d'un bel effet décoratif.

Toile. Haut., 1 m. 65 cent.; larg., 2 m. 35 cent.

BOUCHER

(Attribué à F.)

5 — *Pastorale.*

Un jeune berger, au pied d'un arbre, pare de fleurs la chevelure d'une jolie bergère assise à son côté et tenant un panier de roses; tout auprès, deux chèvres et un tambour de basque. Au fond, un pigeonnier au bord d'une rivière.

Collection de feu M. le marquis de Saint-Clou.

Toile. Haut., 62 cent.; larg., 79 cent.

BOUCHER

(Attribué à F.)

6 — *Les Amours oiseleurs.*

Trois amours, assis sur un banc de verdure, mettent en cage une colombe, pendant qu'un quatrième tient un ruban retenant sans doute un oiseau. Fond de grands arbres et échappée sur un paysage.

Collection de feu M. le marquis de Saint-Clou.

Toile. Haut., 84 cent.; larg., 94 cent.

BRAKENBURG

(RICHARD)

7 — *Kermesse.*

La foule se presse autour d'un charlatan, qui, monté sur un banc, débite son boniment et attire l'attention des curieux sur une fiole qu'il tient à la main. Près de là, une vieille femme cause avec un seigneur; un petit garçon, profitant de la distraction de la femme, lui dérobe le contenu de sa poche. Au premier plan, un cul-de-jatte et deux chiens. A droite, une marchande de pommes. Plus loin, quelques villageois attablés devant un cabaret. Au fond, une vue sur le village.

Tableau de la plus jolie qualité de l'artiste, signé à droite : R. Brakenburg, 1700.

Beau cadre en bois sculpté.

Collection de feu M. le marquis de Saint-Clou.

Toile. Haut., 46 cent.; larg., 55 cent.

BREUGHEL

(JEAN, dit de VELOURS)

8 — *L'Arrivée à la kermesse.*

Sur une rivière dont les bords sont boisés, de nombreuses barques transportent des personnages de toutes conditions se rendant à une kermesse.

Collection Le Fouleur.

Collection de feu M. le marquis de Saint-Clou.

Cuivre. Haut., 25 cent.; larg., 35 cent.

BRIL

(PAUL)

9 — *Paysage.*

Des personnages passent sur un chemin longeant un torrent traversé par un pont de bois. Château fort à tourelles dans le fond.

Bois. Haut, 48 cent.; larg., 62 cent.

CODDE

(Attribué à PIERRE)

10 — *Le Festin.*

Une joyeuse société, composée de dames, de gentilshommes et d'officiers, est réunie dans une grande salle autour d'une table et se livre à une conversation animée. Quelques convives ont quitté leurs sièges et se promènent par groupes. D'autres, dans le fond, se disposent à partir.

Bois. Haut., 63 cent.; larg., 82 cent.

COYPEL

(Attribué à)

11 — *Glorification du Christ.*

Grisaille.

Toile. Haut., 80 cent.; larg., 55 cent.

CUYP

(Attribué à A.)

12 — *Portrait présumé d'un jeune prince d'Orange.*

Représenté en Cupidon, il est debout dans un paysage et tient un arc et une flèche.

Bois. Haut., 1 m. 18 cent.; larg., 88 cent.

CUYP

(Attribué à A.)

13 — *Portrait présumé d'une jeune princesse d'Orange.* (Pendant du précédent.)

Vêtue d'une robe blanche avec ceinture, la tête ornée de fleurs, elle tend d'une main une poignée d'herbe à un mouton placé près d'elle, de l'autre main elle tient une houlette.

Bois. Haut., 1 m. 18 cent.; larg., 88 cent.

DAMIANI

(FRA)

14 — *Sainte Famille aux anges.*

La Vierge vue à mi-corps est assise, vêtue d'un corsage rouge et d'un manteau vert; elle retient l'Enfant Jésus qui se penche en souriant vers le petit saint Jean. Deux anges, placés à droite et à gauche de la Vierge, sont en adoration devant ce groupe.

Œuvre pleine de sentiment et d'un beau coloris.

Bois. Haut., 75 cent.; larg., 52 cent.

ÉCOLE ITALIENNE

(XVIIIe siècle)

15 — *Réunion dans un parc.*

Près d'un palais, plusieurs jeunes femmes sont réunies à l'ombre d'un grand arbre, et reçoivent le salut d'un jeune seigneur. A gauche, des valets déchargent des chevaux.

Collection de feu M. le marquis de Saint-Clou.

Toile. Haut., 58 cent.; larg., 72 cent.

ÉCOLE ITALIENNE

16 — *Le Jugement de Pâris.*

Peinture sur ardoise.

Haut., 29 cent.; larg., 39 cent.

EECKHOUT

(G. VAN DEN)

17 — *La Mort de Jacob.*

Le patriarche, coiffé d'un bonnet rouge, dans un vêtement bordé de fourrure, est étendu sur un lit, les mains croisées. Un de ses fils, coiffé d'un turban et revêtu d'un manteau brun, lui tient la main droite et paraît l'exhorter. Auprès du lit, Ephraïm et Manassé, fils de Joseph, sont agenouillés; l'un vu de dos en robe rouge, l'autre de profil et priant, assistent à cette scène.

Tableau d'une tonalité dorée, dans la manière de Rembrandt.

Toile. Haut., 80 cent.; larg., 74 cent.

FIORI

(MARIO DI)

18 — *Fleurs dans un vase de marbre sculpté, vase doré renversé et pélican sur un tronc d'arbre.*

Toile. Haut., 1 m. 1 cent.; larg., 1 m. 33 cent.

19 — *Fontaine monumentale, vases de fleurs et fruits.*

Toile. Haut., 1 m. 26 cent.; larg., 1 m. 46 cent.

20 — *Plat d'argent, melons et grenades; bouquet de fleurs dans un vase.*

Toile. Haut., 1 m. 25 cent.; larg., 1 m. 45 cent.

21 — *Vases d'orfèvrerie et fleurs.*

Toile. Haut., 1 m. 33 cent.; larg., 1 m. 44 cent.

FRANCK

22 — *Cavaliers en déroute.*

Cuivre. Haut., 49 cent.; larg., 63 cent.

GOYEN

(JEAN VAN)

23 — *Le Mœrdyck.*

Au milieu du fleuve s'étendant vers la gauche, un chaland aux voiles déployées et suivi d'une chaloupe transporte une quinzaine de passagers. A gauche, une barque occupée par quatre paysans s'approche du chaland ; plus loin, un autre bateau à voiles.

A droite, deux pêcheurs relèvent leurs filets, près de plusieurs palis.

Au fond, une troisième barque à voiles près de la rive, qui est plantée de quelques arbres.

Très beau ciel chargé de nuages gris.

Tableau du meilleur faire de ce maître, d'une transparence et d'une finesse remarquables. Signé sur le chaland, des initiales V. G., et daté 1647.

Bois. Haut., 33 cent.; larg., 58 cent.

GUARDI

(FRANCESCO)

24 — *Vue de la place Saint-Marc, à Venise.*

Une quantité de figures animent la place, au fond de laquelle l'entrée de la basilique de Saint-Marc et le Campanile.

Toile. Haut., 25 cent.; larg., 35 cent.

GUARDI

(FRANCESCO)

25 — *Vue prise sur le Grand Canal, à Venise.*

Pendant du précédent.

Le canal, dont les deux rives sont occupées par des palais, est sillonné par des gondoles. Il s'étend dans la perspective.

Au fond, à droite, un campanile s'élève au-dessus des maisons.

Ces deux tableaux sont d'une touche de pinceau très délicate.

Toile. Haut., 25 cent.; larg., 35 cent.

RUYSDAEL

(SALOMON)

26 — *La Rivière.*

La rive, à droite, est bordée de chaumières et de grands arbres.

Bois. Haut., 39 cent.; larg., 59 cent.

GYSEN ou GYSELS

(PIERRE)

27 — *Le Repas dans le parc.*

Extrait du catalogue de la « Collection de tableaux délaissés par M. Jacques Clémens, en son vivant chanoine de l'exempte cathédrale de Saint-Bavon, à Gand », dont la vente a eu lieu le 21 juin 1779.

« Un excellent paysage dans lequel est représenté un grand nombre de figures, dont il y en a qui sont assises sur la verdure, couverte de plusieurs mets et boissons; les autres sont sur une pièce d'eau dans une barque : on y voit de plus une belle maison de campagne avec un grand jardin en parterre, et la perspective est remplie de petites figures. »

Bois. Haut., 75 cent.; larg., 1 m. 65 cent.

HEEMSKERK

28 — *La Lecture de la gazette au village.*

Composition de cinq figures.

Bois. Haut., 27 cent.; larg., 34 cent.

HEUSCH

(GUILLAUME DE)

29 — *Paysage.*

Dans un site accidenté, sur une route bordée de grands arbres, le long d'un cours d'eau, un villageois conduit deux bœufs attelés à un chariot chargé de ballots sur lesquels une femme est assise. Devant les bœufs, une autre femme un panier au bras porte un paquet sur la tête; quelques chèvres suivent l'attelage. Plus loin, on aperçoit un berger et des moutons. La route en circuit s'étend vers la droite, derrière le feuillage des arbres du premier plan. Fond de montagnes. Signé à gauche en toutes lettres. Belle conservation.

Bois. Haut., 42 cent.; larg., 53 cent.

HOBBEMA

(D'après)

30 — *Les Blanchisseries de Harlem.*

Cadre Louis XIV en bois sculpté.

Toile. Haut., 80 cent.; larg., 1 m. 5 cent.

HONDEKOETER

(MELCHIOR)

31 — *Le Paon.*

Un magnifique paon est debout près d'une fontaine ornée de sculptures. Autour de lui un coq blanc, une poule couchée, une sarcelle, une perdrix et un rouge-gorge, près desquels un geai vient s'abattre. A droite, une belette.

Toile. Haut., 1 mètre; larg., 1 m. 24 cent.

HOREMANS

32 — *Le Goûter.*

Composition de quatre figures.

Toile. Haut., 26 cent.; larg., 21 cent.

JANSSENS

(JÉROME, dit le DANSEUR)

33 — *La Danse.*

Dans un somptueux appartement avec cheminée monumentale et orné de sculptures, une nombreuse réunion de dames et de gentilshommes groupés, à droite et à gauche, causent et regardent deux danseurs placés au milieu de la salle.

A droite, derrière la compagnie, plusieurs musiciens. A gauche, un grand lit entouré d'une draperie verte.

Composition des plus agréables.

Toile. Haut., 1 m. 22 cent.; larg., 1 m. 43 cent.

LAIRESSE

(GÉRARD DE)

34 — *Héliodore chassé du temple.*

Un guerrier, vêtu d'une armure d'or et monté sur un cheval blanc, assiste au châtiment du ministre de Séleucus, jeté à terre et fustigé par deux anges. Des sacs de pièces d'or et un coffret, trésor des veuves et des orphelins, sont épars sur les dalles. A gauche, une bande de soldats, complices du sacrilège, s'enfuient épouvantés. Au fond, sur une galerie ornée de sculptures, le grand prêtre Onias et les Lévites rendent grâce au Dieu d'Israël du miracle qu'il vient d'opérer. A droite, des gens du peuple, femmes et enfants, se pressent et manifestent leur effroi. Dans le haut, un nuage de fumée sillonné par la foudre céleste.

Magnifique tableau du maître et de la plus grande pureté. Signé à gauche : G. LAIRESSE F. 1674.

Toile. Haut., 89 cent.; larg., 77 cent.

LAZZARI

(SÉBASTIANO)

35 — *Instruments de musique et attributs.*

Sur une table sont placés divers attributs, tels que : cithare, violon avec son archet, guitare, flûte, sphère et livres. Une carte géographique, une horloge, un calendrier et un lorgnon sont accrochés au mur.

Toile. Haut., 97 cent.; larg., 1 m. 25 cent.

LAZZARI

(SEBASTIANO)

36 — *Instruments de musique et attributs.*

Pendant du précédent.

Une viole, une mandoline, un flageolet, une trompette et des morceaux de musique sont posés sur un clavecin. Une sphère sur une console, un plan et deux clefs sont accrochés au mur.

Signé en bas sur un carré de papier :

SEBASTIANO LAZZARI, PITTORE. — VENEZIA.

Toile. Haut., 97 cent.; larg., 1 m. 25 cent.

LANCRET

(NICOLAS)

37 — *Le Repos des chasseurs.*

Près d'un arbre, contre un rocher, un gentilhomme assis, son fusil entre les jambes, caresse un chien. Devant lui, deux jeunes femmes, l'une debout, en robe rouge et corsage bleu, coiffée d'un petit chapeau de paille, tient deux chiens en laisse. L'autre, en robe jaune, est assise sur l'herbe et joue avec un autre chien.

A gauche du chasseur, un jeune piqueur debout, vêtu d'un habit rouge, un cor de chasse passé en bandoulière, tient son chapeau à la main. Un négrillon en costume vert est agenouillé près d'un épagneul et tient un faucon. A terre, un chevreuil mort, dont un chien lape le sang qui s'échappe d'une blessure. Derrière l'arbre, deux valets tiennent les trois chevaux des chasseurs. Fond de paysage avec montagne surmontée d'un château.

Important tableau, d'une tonalité très claire.

Toile. Haut., 1 m. 14 cent.; larg., 1 m. 46 cent.

LINGELBACH

(JEAN)

38 — *Le Repas du meunier.*

Un paysan assis devant une table rustique coupe une tranche de pain noir; vis-à-vis de lui sa femme, la tête appuyée sur la main gauche, tend de l'autre main un verre de vin à un jeune pâtre couché à terre derrière elle. A droite, au second plan, une écurie où l'on voit un domestique occupé à charger des sacs de farine sur un âne. Au delà, un moulin alimenté par un courant d'eau rapide. Signé en bas, à droite.

Collection Van Saceghem. Bruxelles, 1851.

Vente Du Bus de Gisignies.

Toile. Haut., 46 cent.; larg.. 30 cent.

MANS

(F. H.)

39 — *Plage et village de Schewveningen.*

Cavaliers et piétons sur une route à l'entrée du village. Au fond, la plage avec de nombreuses figures. Signé en bas, à gauche.

Toile. Haut., 55 cent.; larg., 64 cent.

MIGNON

(ABRAHAM)

40 — *Fruits.*

Melon, coings, figues, pêches, prunes, cerises, raisins et nid d'oiseaux sur une table de pierre.

41 — *Fleurs.*

Roses, pivoines et œillets dans un vase posé sur une console en pierre.

Pendant du précédent.

Collection de feu M. le marquis de Saint-Clou.

Toile. Haut., 57 cent.; larg., 43 cent.

MOLYN

(PIERRE)

42 — *La Chaumière.*

Des villageois se reposent au bord d'un chemin qui occupe le premier plan.

Bois de forme ronde. Diam., 51 cent.

NEER

(ARTHUR VAN DER)

43 — *Clair de lune.*

Quelques bûcherons sous de grands arbres; plus loin, des bestiaux dans un pacage au bord d'une rivière. Au fond, un moulin à vent. La lune jette sa clarté voilée par de légers nuages.

Toile. Haut., 39 cent.; larg., 52 cent.

OGGIONE

(MARCO DE)

44 — *Saint Mathieu.*

Saint Jean.

Saint Luc.

Saint Marc.

Représentés assis, accompagnés de leurs attributs caractéristiques.

Quatre peintures sur bois.

Haut., 34 cent.; larg., 16 cent.

ORLEY

(VAN)

45 — *Jeune Femme copiant de la musique.*

Bois. Haut., 38 cent.; larg., 30 cent.

PALAMEDES

46 — *La Partie de trictrac.*

Dans un appartement hollandais, trois dames, dont l'une pince de la guitare, et trois gentilshommes sont réunis autour d'une table recouverte d'un tapis vert, où deux des personnages jouent au trictrac. Au fond, un quatrième individu se chauffe devant l'âtre.

Bois. Haut., 48 cent.; larg., 63 cent.

PINTURICCHIO

47 — *La Vierge au chardonneret.*

Elle est assise sur un trône surmonté d'un dais, dont deux anges relèvent les draperies tout en soutenant une couronne d'or. L'Enfant Jésus, sur les genoux de sa mère, tient un chardonneret et avance la main pour prendre une fleur que lui présente sa mère.

Peinture d'un beau caractère.

Bois. Haut., 82 cent.; larg., 44 cent.

RICCI

(MARCO)

48 — *Paysage historique.*

Sur une colline plantée d'arbres s'élèvent un château avec grosses tours et quelques maisons. Dans le bas, à droite, au bord d'une rivière, de grands arbres à l'ombre desquels un groupe de figures. Au fond, le pays s'étend en perspective.

Cadre en bois sculpté.

Toile. Haut., 48 cent., larg., 63 cent.

ROBERT

(HUBERT)

49 — *Fontaine dans des ruines.*

Composition animée de nombreuses figures.

Toile. Haut., 63 cent.; larg., 47 cent.

RUBENS

(École de)

50 — *Sabines poursuivies par des guerriers.*

Des guerriers poursuivent des femmes qui fuient; les unes montées sur des chevaux, les autres à pied se préparent à passer le Tibre.

Toile. Haut, 1 m. 17 cent.; larg., 1 m. 69 cent.

RUYSDAEL

(D'après JACQUES)

51 — *Paysage.*

A droite, sur une route qui débouche d'un bois, un cavalier près d'une dame montée sur un cheval blanc et tenant un faucon. Devant les chevaux, deux chiens. A gauche, un massif de grands arbres sur les bords escarpés d'un torrent traversé par un pont. Au fond, un paysage accidenté avec moulin.

Collection de feu M. le marquis de Saint-Clou.

Toile. Haut., 1 m. 12 cent.; larg., 1 m. 34 cent.

RUYSDAEL

(SALOMON)

52 — *Village au bord d'une rivière.*

La rive est bordée de chaumières et de grands arbres au delà desquels on aperçoit le haut d'un clocher.

Sur la rivière, deux pêcheurs montés dans une barque, des canards et des viviers à poissons.

Bois, forme ovale. Haut., 38 cent.; larg , 42 cent.

RYSBRACK

53 — *Pâris, Vénus et l'Amour.*

Toile. Haut., 1 m. 83 cent.; larg., 1 m. 40 cent.

SCHALKEN

(GOTTFRIED)

54 — *La Jeune Musicienne.*

Elle est debout devant une table en partie couverte d'un tapis d'Orient, éclairée par une lampe suspendue au plafond.

Elle tient une partition.

Vente Tencé, décembre 1881.

Bois. Haut., 40 cent.; larg., 33 cent.

SIRANI

(ÉLISABETH)

55 — *Sainte Famille.*

Toile. Haut., 35 cent.; larg., 48 cent.

SLINGELAND

56 — *Nature morte.*

Du linge dans une corbeille d'osier, un tambour de dentellière, un métier à broder et deux livres éclairés par une chandelle posée sur une table. A droite, au mur, une cage.

Décrit dans le *Catalogue raisonné* de Smith, tome IX, n° 31.

Bois. Haut., 28 cent.; larg., 27 cent.

SWANEVELT

(HERMANN)

57 — *Paysage.*

Des villageois et des cavaliers suivent une route sortant d'un bois à gauche et s'éloignant sur un monticule qui borde une rivière.

Bois, forme ovale. Haut., 24 cent.; larg., 35 cent.

VERDUSSEN

(JEAN-PIERRE)

58 — *Intérieur d'étable.*

Une femme trait une vache et cause avec une ménagère debout tenant une quenouille; près d'elle, à terre, une nourrice assise avec deux enfants. A gauche, quatre vaches au repos. Au fond, un garçon chasse devant lui un troupeau de moutons. Signé à gauche.

Toile. Haut., 61 cent.; larg., 75 cent.

VERNET

(Attribué à JOSEPH)

59 — *Tempête.*

Un navire poussé par le vent est venu se briser sur des rochers. Des naufragés, réfugiés dans une chaloupe, rament vers une côte escarpée sur laquelle plusieurs marins s'apprêtent à leur porter secours. Cadre en bois sculpté.

Collection de feu M. le marquis de Saint-Clou.

Bois. Haut., 52 cent.; larg., 70 cent.

VÉRONESE

(Attribué à PAUL)

60 — *L'Homme entre le Vice et la Vertu.*

Allégorie où l'artiste s'est représenté. Véronèse a peint ce même sujet à fresque dans la villa Marieri.

Collection de feu M. le marquis de Saint-Clou.

Toile. Haut., 1 m. 24 cent.; larg., 1 m. 17 cent.

VERSCHURING

(HENRI)

61 — *Le Départ du cavalier.*

A l'intérieur d'une écurie, un cavalier fait ses adieux à une dame, pendant qu'un serviteur amène un cheval blanc sellé auprès duquel sont trois chiens. Au fond, un valet bouchonne un cheval brun. A gauche, un autre valet monte sur une échelle.

Bon tableau bien conservé, signé au bas à droite : H. VERSCHURING Fc. 1675.

Toile. Haut., 63 cent.; larg., 72 cent.

VITE

(TIMOTHÉO DELLA)

62 — *La Vierge Marie, l'Enfant Jésus et deux saints.*

La Vierge, vêtue d'une robe rouge que recouvre un manteau vert, est assise sur un trône de marbre. Elle tient sur ses genoux le divin Enfant, qui lève la main droite pour bénir. A droite et à gauche du trône, deux saints sont debout, l'un, en costume de moine, tient une fleur de lis et un livre d'heures à reliure rouge; l'autre, la tête entourée d'une draperie, vêtu d'une robe verte, d'une pèlerine rouge et d'un manteau jaune, porte un paquet sur son épaule à l'aide d'un long bâton de pèlerin.

Au fond on aperçoit, par deux ouvertures, un paysage accidenté.

La sérénité peinte sur les visages et la simplicité de cette composition lui impriment un caractère profondément religieux, dans le sentiment des œuvres de Raphael, dont Timothéo était le condisciple et l'ami.

Collection de feu M. le marquis de Saint-Clou.

Bois. Haut., 96 cent.; larg., 1 m. 16 cent.

ZAMPIERI

(Dit le DOMINIQUIN)

63 — *Persée et Andromède.*

Toile. Haut., 44 cent.; larg., 37 cent

ZEEMAN

64 — *Navire et barques par un temps calme.*

Cuivre. Haut., 18 cent.; larg., 24 cent.

ZEGHERS

(DANIEL, dit le Jésuite d'Anvers)

et

C. SCHUT

65 — *Portrait de Rubens dans une guirlande de fleurs.*

Dans un cartouche d'ornements sculptés, Rubens est représenté en buste dans un médaillon ovale. Une belle guirlande de roses, de tulipes, d'œillets et de fleurs diverses orne le motif de sculpture autour duquel volent des papillons et des insectes.

Beau tableau d'une admirable conservation.

Signé au bas, à droite : FRAT. DANIEL ZEGHERS, S. J.

Bois. Haut., 95 cent.; larg., 72 cent.

RED. :

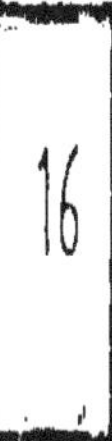
16

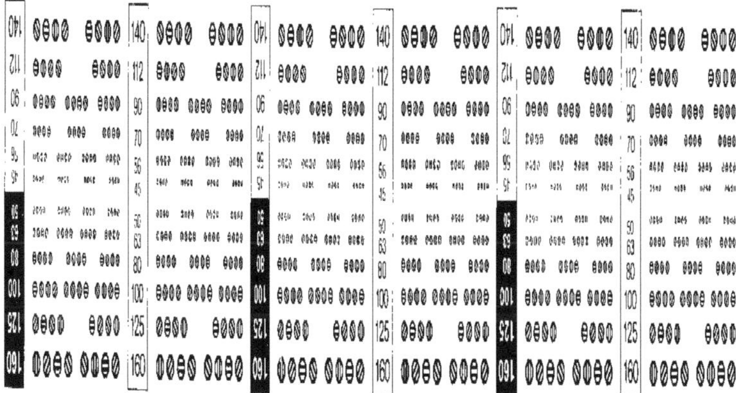

0 1 2 3 4 5 6 7 8 9 10

www.ingramcontent.com/pod-product-compliance
Ingram Content Group UK Ltd.
Pitfield, Milton Keynes, MK11 3LW, UK
UKHW021038180726
13838UKWH00004B/1868